capa e projeto gráfico **FREDE TIZZOT**
encadernação **DANI SHUSTER**
e **PATRICIA JARENTCHUK**

© 2018, Editora Arte & Letra

Reprinted by permission of Carole Ann Rodriguez
© 1934, 1961 by Weird Tales

capa sobre a ilustração "Le feu follet",
de Octave Penguilly L' Haridon, 1857.

M 821
Moore. C. L.
O Beijo do deus sombrio / C. L. Moore; tradução de Ana Cristina
Rodrigues. – Curitiba : Arte & Letra, 2018.

72 p.:

ISBN 978-85-60499-95-3

1. Literatura I. Rodrigues, Ana Cristina II. Título

CDD 813

Índice para catálogo sistemático:
1. Ficção : Literatura norte-americana 813
Catalogação na Fonte
Bibliotecária responsável: Ana Lúcia Merege - CRB-7 4667

ARTE & LETRA EDITORA

Alameda Dom Pedro II, 44. Batel
Curitiba - PR - Brasil / CEP: 80420-180
Fone: (41) 3223-5302
www.arteeletra.com.br - contato@arteeletra.com.br

C. L. Moore

O BEIJO DO DEUS SOMBRIO

Uma história de Jirel de Joiry

tradução de Ana Cristina Rodrigues

NOTA

Nessa tradução, compararam-se duas edições: a primeira, de 1934, conforme republicada na coletânea *Black God's Kiss* da Planet Stories/Painzo Publishing de 2007, e a edição inglesa de 1961, conforme republicada na coletânea *Jirel of Joiry* da Gateway Essentials/Gollancz. A diferença está na presença de alguns parágrafos a mais na edição de 1961, que estão diferenciados graficamente para melhor identificação pelo leitor.

O BEIJO DO DEUS SOMBRIO

1

Trouxeram o comandante de Joiry, debatendo-se entre dois soldados que apertavam as cordas que mantinham presos os braços cobertos de metal do cativo. Abriram caminho com cuidado entre as pilhas de mortos enquanto atravessavam o grande salão, indo em direção ao tablado onde o conquistador se instalara. Por duas vezes, quase escorregaram no sangue que manchava as pedras. Quando pararam em frente à figura de armadura, o comandante de Joiry respirava com esforço e a voz que ecoava por baixo do confinamento de seu capacete estava rouca de fúria e desespero.

Guillaume, o conquistador, inclinava-se sobre sua poderosa espada, mãos cruzadas no punho, sorrindo do alto para o prisioneiro furioso. Ele era um homem grande e parecia ainda maior em sua armadura manchada. Havia sangue em seu rosto duro e cheio de cicatrizes, e seu sorriso branco dividia sua barba curta e cacheada. Sua aparência era esplêndida e perigosa, inclinado sobre a espada e sorrindo sobre o comandante de Joiry caído, que se debatia entre os dois soldados.

— Descasquem essa lagosta – disse Guillaume com voz grave e preguiçosa. – Vamos ver como é o rosto do sujeito que nos deu tanto trabalho. Tirem o capacete, vamos.

Mas outro soldado teve que vir e cortar as tiras que prendiam o capacete de ferro, pois o comandante de Joiry se debatia tanto que, mesmo com os braços presos, a tarefa foi impossível para os guardas. Houve uma luta feroz, mas momentânea, até as tiras se partirem e o capacete rolar com estrondo pelas pedras.

Os dentes de Guillaume estalaram com uma justa surpresa. Encarou e a senhora de Joiry o encarou de volta entre seus captores, o cabelo vermelho revolto amassado, seus olhos de leoa acesos.

— Que Deus o amaldiçoe! – rosnou a senhora de Joiry entredentes. – Que Ele exploda seu coração de trevas!

Porém Guillaume mal a escutou. Ainda a encarava, como os homens costumam fazer ao colocar os olhos pela primeira vez em Jirel de Joiry. Ela era alta como um homem, e tão selvagem quanto o pior deles. A queda de Joiry pesava amargamente em seu coração enquanto ela vociferava maldições para o conquistador. O rosto que encimava a sua armadura podia não combinar tanto com enfeites femininos, mas com a moldura de aço da armadura ganhava uma beleza cortante e reluzente como o brilho de uma lâmina. O cabelo ruivo era curto, por cima de uma cabeça alta e desafiadora, e o brilho amarelo de seus olhos tinha a fúria de metal em chamas.

O olhar fixo de Guillaume derreteu-se em um sorriso lento. Um leve brilho passou pelos seus olhos enquanto percorria habilidosamente as linhas longas e fortes do corpo dela. O sorriso alargou-se e de repente explodiu em uma gargalhada, um urro profundo de divertimento e satisfação.

— Pelos Pregos da Cruz! – urrou. – Que recepção! E que prenda ofereceis, bonitinha, por sua vida?

Ela lançou mais uma ofensa.

— Isso? Que palavras tão feias para uma boca tão bonita, minha senhora. Não vou negar que nos concedeu uma grande batalha. Nenhum homem poderia ter feito melhor e muitos fizeram pior. Mas Guillaume... – inflou o peito majestoso e sorriu perigosamente no fundo de sua barba pontuda. – Venha até mim, bonitinha – ordenou. – Aposto que sua boca é mais doce do que suas palavras.

Jirel enfiou um calcanhar armado com espora na canela de um dos guardas e se contorceu para fora do seu aperto enquanto ele uivava, lançando um joelho coberto de ferro no abdômen do outro. Tinha se libertado e dado três longos passos na direção da porta antes que Guillaume conseguisse pegá-la. Ela sentiu os braços, vindos por trás, fechando-se ao seu redor e jogou os calcanhares em um ataque inútil contra a perna protegida pela armadura, torcendo-se como uma louca, lutando com joelhos e esporas, forçando sem sucesso as cordas que prendiam seus braços. Guillaume riu e a virou, debochando do brilho dos olhos amarelados. De forma deliberada, colocou o punho por baixo do queixo dela e aproximou-a de sua boca. As maldições roufenhas foram interrompidas.

— Pelos Céus, é como beijar uma espada – disse ao erguer seus lábios.

Jirel rosnou algo que foi abafado quando lançou sua cabeça para o lado, como uma serpente atacando, e enfiou os dentes no pescoço dele. Por muito pouco não atingiu a jugular.

Guillaume não disse nada. Pegou a cabeça ruiva com a mão firme, agarrando-a, apesar de ela se sacudir com selvageria, e enterrou dedos de aço na junta de sua mandíbula, obrigando-a a abrir a boca. Quando a soltou, encarou o inferno amarelo de seus olhos por um instante. A chama neles era quente o bastante para carbonizar seu rosto cheio de cicatrizes. Sorriu e ergueu a sua mão sem luva e com um forte golpe a jogou na metade do salão. Ela ficou imóvel sobre as pedras.

1

Jirel abriu os olhos na escuridão. Permaneceu imóvel por um instante, arrumando os pensamentos tumultuados. Aos poucos, tudo voltou e ela abafou no braço um som que era parte maldição e parte choro. Joiry havia caído. Ficou inerte no escuro por um tempo, forçando-se a aceitar.

O som próximo de pés batendo na pedra a tirou daquela melancolia. Sentou-se com cuidado, prestando atenção para identificar em que parte de Joiry sua suserana havia sido aprisionada. Sabia que o som devia ser de uma sentinela, e, pelo cheiro úmido da escuridão, estava no subterrâneo – em uma das pequenas celas do calabouço, claro. Em um silêncio cuidadoso, levantou-se, resmungando um xingamento quando sua cabeça rodou e depois começou a latejar. Tateou pela cela na escuridão total até encontrar um pequeno banco de madeira. Ficou satisfeita. Agarrou uma perna com mão firme e andou em silêncio, seguindo a parede até localizar a porta.

Depois, a sentinela se lembraria de ter ouvido o berro mais selvagem que já soara em seus ouvidos e de ter destrancado a porta. Não se lembrava de mais nada até ser encontrado caído com o crânio partido dentro da cela trancada.

Jirel arrastou-se pelas escadas escuras da torre norte, com o desejo de matar em seu coração. Conhecera várias vezes o ódio de forma passageira na sua vida, mas nenhum queimara como aquele. Na sua frente, podia ver o rosto marcado e desdenhoso de Guillaume rindo, a pequena barba pontuda dividida pelo branco de seu divertimento. Lembrou do peso da boca sobre a sua e da força dos braços ao seu redor. Foi tomada por uma onda de fúria tão quente e intensa que ficou tonta, tendo que se segurar na parede. Prosseguiu, envolta em uma névoa vermelha de raiva, e algo parecido com loucura queimava em sua mente enquanto a determinação se moldava no caos do seu ódio. Quando pensou nisso, parou de novo, a meio-caminho nas escadas, e sentiu algo frio passando por ela. Logo se foi, fazendo-a tremer de leve; porém, ela sacudiu os ombros e deu um sorriso feroz antes de prosseguir.

As estrelas que ela conseguia ver pelas seteiras na parede diziam-lhe que a meia-noite se aproximava. Prosseguiu com calma pelas escadas, sem encontrar ninguém. Seu pequeno quarto no topo da torre estava vazio. Nem mesmo o colchão de palha onde a sua aia dormia tinha sido mexido naquela noite. Jirel conse-

guiu sair sozinha da sua armadura depois de muita luta e contorcionismos. Sua camisa de pele de cervo estava dura de suor e manchada de sangue. Jogou-a com nojo em um canto. A fúria em seus olhos tinha diminuído até virar uma chama contida, secreta. Sorriu para si mesma ao deslizar uma camisa limpa sobre sua desgrenhada cabeça ruiva, e vestiu uma túnica de cota de malha. Prendeu nas pernas as grevas de algum legionário, relíquias dos dias ainda não tão distantes, quando Roma ainda governava o mundo. Enfiou uma adaga no seu cinto e apertou o punho de sua espada de duas mãos desembainhada. Só então desceu novamente as escadas.

Sabia que tinham celebrado e festejado no salão naquela noite e pelo pesado silêncio que a envolvia tinha certeza de que seus inimigos estavam imersos em um sono bêbado. Sentiu um rápido pesar pelos barris de bom vinho francês desperdiçados e por sua mente relampejou o pensamento de que uma mulher cheia de determinação e com uma espada afiada poderia causar algum dano entre os dorminhocos antes de cair. Porém, deixou a ideia de lado, pois Guillaume teria sentinelas a postos e ela não abriria mão de sua liberdade secreta tão descuidadamente.

Desceu as escadas escuras, passou por um dos cantos do vasto salão central, cuja escuridão certamente esconderia os desfalecidos pelo vinho, e foi para a penumbra mais leve da pequena e rústica capela que Joiry abrigava. Estava certa de que encontraria o padre Gervase ali e não se enganou. Ele se ergueu, pois estava de joelhos perante o altar, o hábito escuro e a tonsura brilhando com a luz das estrelas que entrava pela estreita janela.

— Minha filha! – sussurrou. – Minha filha! Como você escapou? Devo procurar uma montaria para você? Se conseguir passar pelos sentinelas, chegará no castelo do seu primo ao nascer do dia.

Ela levantou a mão para o calar.

— Não – disse. – Não irei lá para fora esta noite. Eu tenho que fazer a jornada mais perigosa da minha vida. Ouça a minha confissão, padre.

Ele a encarou.

— O que é isso?

Ela caiu de joelhos na frente dele e agarrou o tecido áspero do seu hábito com dedos urgentes.

— Ouça a minha confissão, eu imploro! Irei descer ao inferno esta noite para pedir uma arma ao demônio e pode ser que eu não retorne.

Gervase curvou-se e agarrou os ombros de Jirel com mãos trêmulas.

— Olhe para mim! – ordenou. – Você sabe o que está dizendo? Você vai...

— Descer! – respondeu com firmeza. – Só você e eu sabemos sobre aquela passagem, padre, e nem mesmo nós sabemos o que tem depois. Mas para obter uma arma para derrotar aquele homem, eu enfrentaria perigos ainda maiores.

— Se eu achasse que isso é sério, – ele sussurrou. – iria acordar Guillaume agora e jogá-la nos braços dele. Seria um destino mais gentil, minha filha.

— Eu iria até o inferno justamente para escapar disso – ela sussurrou de volta com ferocidade. – Você não percebe? Deus sabe que não sou totalmente inocente nas formas leves de amar, mas ser o brinquedo de um homem qualquer por uma ou duas noites, antes de ele quebrar meu pescoço ou me vender como escrava? E, além disso, esse homem ser Guillaume? Você não entende?

— Seria muita vergonha – assentiu Gervase. – *Mas pense bem, Jirel! A vergonha pode ser expiada e absolvida, e, para esta morte, os portões do céu irão se abrir. Mas para essa outra... Jirel, Jirel, você poderá ficar presa por toda a eternidade, de corpo ou alma, se se aventurar... lá embaixo!*

Ela deu de ombros.

— Para me vingar de Guillaume, eu iria mesmo que soubesse que queimaria no inferno para sempre.

— Mas Jirel, você não entende. É um destino pior do que as piores profundezas do fogo do inferno. Está... está além dos limites dos infernos que conhecemos. Acho que as chamas mais quentes de Satã são a brisa do paraíso comparadas ao que pode encontrar lá.

— Eu sei. Você acha que eu iria me arriscar se não tivesse certeza? Onde mais posso encontrar uma arma como a que preciso, além de dentro dos domínios de Deus?

— Jirel, você não deve ir!

— Gervase, eu vou. Você me dará sua benção? – os olhos amarelos brilhavam quentes ao o encararem.

Passou-se um momento antes que ele baixasse a cabeça.

— Você é a minha senhora. Eu lhe abençoarei em nome de Deus, embora isso não irá servir de nada... lá.

]

Ela desceu para o calabouço de novo. Percorreu um longo caminho em escuridão total, sobre pedras escorregadias e malcheirosas, por uma escuridão que jamais conhecera a luz do dia. Em outro momento, poderia ter sentido medo, mas aquela firme chama de ódio que queimava em seus olhos era um farol que iluminava o caminho, e ela não conseguia limpar de sua memória a sensação dos braços de Guillaume ao seu redor, a pressão desdenhosa dos lábios dele sobre os seus. Choramingou baixinho e uma onda quente de ódio a percorreu.

Na escuridão sólida, alcançou uma parede. Começou a tirar as pedras soltas com a mão livre, pois não largaria a sua espada. Como não tinham sido cimentadas, soltaram-se facilmente. Quando o caminho ficou livre, passou um pé e o firmou em uma rampa de pedra lisa que descia. Limpou os detritos na passagem da parede e a aumentou o bastante para que pudesse passar de uma vez, pois quando voltasse por ali – se voltasse – poderia precisar de rapidez.

No fim da rampa, caiu de joelhos no chão frio e tateou ao seu redor. Seus dedos encontraram um traçado circular, uma pequena reentrância na rocha. Tateou até encontrar o anel em seu centro. Aquele anel era feito do metal mais frio que ela já conhecera – e do mais suave. Não o reconhecia. A luz do dia nunca refletira naquele tipo de metal.

Puxou. A princípio, a rocha relutou e ela precisou colocar a espada entre os dentes para poder puxar com as duas mãos. Mesmo assim, estava no limite de suas forças, que eram tão grandes quanto a da maioria dos homens. Porém, finalmente se ergueu, fazendo um som estranho, parecido com um suspiro. Arrepios perpassaram a sua pele.

Pegou a espada com a mão de novo e ajoelhou-se no limite da escuridão invisível abaixo dela. Tinha trilhado aquele caminho uma vez apenas, e nunca pensou que haveria uma necessidade grande o bastante para fazê-la passar por ali de novo. Era o caminho mais estranho que já vira. Para ela, não devia haver outra passagem como aquela no mundo inteiro. Não fora construída para ser atravessada por pés humanos. Não fora construída para nenhum tipo de pé. Era um pilar estreito e liso, que descia em espiral. Uma cobra poderia escorregar por ele, disparando para baixo em círculos estonteantes – mas não existiam cobras tão grandes. Nenhum viajante humano teria deixado as laterais da espiral tão lisas e ela não queria especular que criaturas tinham feito aquilo e quanto tempo teriam demorado.

Ela provavelmente não teria feito aquela primeira viagem, nem qualquer outro além dela, se um humano desconhecido não tivesse feito nichos que possibilitavam uma descida lenta – pelo menos, ela achava que tinha sido uma pessoa. Os nichos eram feitos no formato aproximado de mãos e pés, não muito distantes uns dos outros, mas por quem e quando, não tinha sequer como imaginar. E, sobre os seres que teriam construído o pilar em uma época há muito esquecida – bem, existiram demônios na terra antes dos humanos, e o mundo era antigo.

Virou-se e deixou o pé deslizar pelo túnel curvo. Quando ela e Gervase passaram ali pela primeira vez, suavam de medo pelo que encontrariam lá embaixo, com demônios no seu encalço. Agora, deslizava com tranquilidade, sem se preocupar em encontrar apoio, mas descendo rapidamente pela longa espiral, apenas usando as mãos de quando em quando para diminuir a velocidade. Desceu, dando voltas e mais voltas e mais voltas.

Era uma longa descida. Não demorou muito para que a tontura misteriosa que sentira antes a cobrisse de novo, uma tontura que não era causada somente pelas espirais que traçava, mas por um dese-

quilíbrio atômico profundo, como se as substâncias ao seu redor também estivessem se mexendo. Havia algo esquisito nos ângulos daquelas curvas. Não era estudiosa de geometria ou de qualquer outra coisa, porém sentia instintivamente que a curvatura e a inclinação do caminho estava, de alguma forma, fora dos ângulos e curvas que conhecia. Estavam a levando para a escuridão e o desconhecido, e, no entanto, ela sentia de forma sinistra que levavam a uma escuridão e a um mistério cada vez mais profundos do que a mera sensação física. Apesar de não saber como explicar, era como se as linhas exatas e peculiares do túnel tivessem sido reguladas com cuidado para atravessar o espaço polidimensional, além de atravessar o subterrâneo – e talvez até mesmo o tempo. Ela não sabia que estava pensando naquelas coisas; tudo ao seu redor era a tontura desfocada, enquanto descia em espirais, sabendo que o caminho que seguia a levava para uma jornada mais estranha do que qualquer outra que jamais fizera.

Para baixo e para baixo. Deslizava rápido, mas sabia quanto tempo iria levar. Na primeira vez, se alarmaram ao ver que a passagem se espiralava aparentemente sem fim, e, ao pensarem na viagem de volta, tentaram parar antes que fosse tarde demais. Descobriram que era impossível. Uma vez começada, a descida não podia ser interrompida. Ela tentara e sua visão ficara embaçada, ao mesmo tempo em que fora tomada por ondas de enjoo, quase desmaiando. Era como se tivesse tentado impedir um processo natural inexorável e ainda incompleto. Só podiam seguir em frente. Os próprios átomos de seus corpos giraram em protesto contra a mudança de curso.

E a subida, quando voltaram, não foi difícil. Tinham visualizado uma escalada exaustiva, subindo por curvas intermináveis, mas novamente a incrível diferença para os ângulos que conheciam se manifestou. Pareciam desafiar a gravidade de forma estranha, ou talvez fossem levados por uma força fora do seu poder. Durante a volta, sentiam-se enjoados e tontos, como na descida, mas no meio da confusão nebulosa em que estavam, deslizavam para cima tão fácil quanto haviam deslizado para baixo; ou, talvez, dentro do túnel não existisse para cima e para baixo.

A passagem nivelou-se gradativamente. Aquela era a pior parte para um humano atravessar, apesar de servir para diminuir a velocidade das criaturas para quem a descida havia sido feita, quaisquer que tivessem sido. Era estreita demais para se virar; teve que deitar com o rosto para o chão e arrastar-se com os pés na frente usando as mãos. Ficou feliz quando seus calcanhares encontraram espaço aberto e deslizou da boca do túnel, ficando de pé na escuridão.

Ali, parou para se concentrar. Sim, aquele era o começo da longa passagem pela qual ela e padre Gervase tinham viajado naquela jornada de exploração, muito tempo antes. Pelo maior dos acasos tinham encontrado o lugar e apenas a maior das coragens os levara até ali. Ele tinha avançado muito mais do que ela – que ainda era jovem e mais suscetível a autoridade – e voltara, pálido na luz da tocha, e a fizera entrar correndo no túnel de novo.

Prosseguiu cuidadosamente, sentindo o caminho, lembrando o que ela mesmo havia visto na escuridão um pouco além e imaginando, apesar do medo e com um pequeno aperto no coração, o que teria feito o padre Gervase voltar tão rapidamente. Nunca ficara satisfeita com as explicações que ele dera. Tinha sido por ali – ou um pouco mais para a frente? O silêncio parecia rugir em seus ouvidos.

Na sua frente, a escuridão se moveu. Foi apenas isso – uma ampla e imponderável movimentação da escuridão sólida. Jesus! Aquilo era novidade! Apertou a cruz na sua garganta com uma mão e o punho da espada com a outra. Foi atacada por algo que a atingiu como um furacão, jogando-a contra a parede e berrando em seu ouvido como se fosse mil diabos – um tornado selvagem de sombras que a golpeava sem misericórdia e a agarrava pelo cabelo que esvoaçava[1] e sacrificava seus ouvidos com a miríade de vozes de tudo que se perdia e chorava na noite. As vozes eram de dar pena, cheias de terror e solidão. Lágrimas vinham aos seus olhos enquanto ela tremia de um medo inominável, pois o redemoinho estava vivo, conduzido por um instinto terrível, uma coisa inanimada varrendo a escuridão subterrânea; era algo profano que fazia sua pele arrepiar mesmo que tocasse seu coração com as pequenas vozes lamentosas uivando no vento onde vento nenhum deveria existir.

E então se foi. Naquele simples instante se desvaneceu, sem deixar sequer um sussurro para comemorar sua passagem. Apenas no seu centro era possível ouvir as pequenas vozes tristes ou o uivo selvagem do vento. Viu-se de pé, em choque, a espada apertada futilmente em uma mão e lágrimas correndo pelo rosto pelas pobres vozes miúdas que uivavam. Limpou as lágrimas com mão trêmula e endureceu a mandíbula, fortalecendo-se com a reação que a inundara. Porém, demorou uns bons cinco minutos antes

---

[1] Nota da Tradutora: o cabelo de Jirel começa curto, parte de seu disfarce, quando é descrito pela primeira vez. Porém, logo depois passa a estar longo, esvoaçante... As duas edições consultadas mantêm essa incoerência.

que conseguisse prosseguir. Depois de alguns passos, seus joelhos pararam de tremer.

O chão estava seco e liso. Inclinava-se levemente para baixo e ela se perguntava em que profundezas inexploradas ela teria afundado. O silêncio caíra pesado de novo, e ela esforçou-se para ouvir outro som além das pisadas suaves de suas botas. Seu pé deslizou em algo inesperadamente úmido. Inclinou-se, explorando com dedos esticados e sentindo, sem ter motivo para isso, que a umidade seria vermelha se pudesse vê-la. Mas seus dedos traçaram a silhueta imensa de uma pegada, espalmada e com três dedos, como de um sapo monstruoso. Era um rastro fresco. Teve um vívido lampejo de memória – de algo que tinha visto de relance à luz da tocha na sua viagem anterior. Porém, antes ela tinha luz e naquele momento estava às cegas na escuridão, o habitat natural da criatura.

Por um momento, não era mais Jirel de Joiry, uma fúria vingativa em busca de uma arma demoníaca, mas uma mulher assustada e sozinha na escuridão maldita. Aquela memória fora tão vívida... Então viu a face risonha e cheia de desprezo de Guillaume novamente, a barba negra percorrendo sua mandíbula, os dentes brancos na sua risada; algo quente e acolhedor a varreu como uma pequena chama e voltou a ser Jirel de novo, vingativa e resoluta. Continuou mais devagar, golpeando sua espada em um semicírculo a cada três passos para não ser surpreendida por algum monstro saído de pesadelos agarrando-a com braços sufocantes.

A passagem seguia e seguia. Podia sentir as paredes frias na sua mão e sua espada erguida aranhava o teto. Era como arrastar-se pelo túnel de um verme às cegas, debaixo do peso de incontáveis toneladas de terra. Sentia a pressão acima e ao seu redor, esmagadora, e se viu rezando para encontrar o fim do túnel, qualquer que fosse, logo.

Mas quando aconteceu foi algo mais estranho do que jamais poderia imaginar. De repente, sentiu a imensa e imponderável opressão sumir. Não estava mais consciente das toneladas de terra a pressionando. As paredes haviam sumido e seu pé atingiu uma aspereza inesperada ao invés do chão liso e a escuridão que vendara os seus olhos também mudara de forma indescritível. Não era mais uma escuridão, e sim um vazio; não a ausência de luz, mas simplesmente nada. Abismos abriam-se ao redor dela, porém não conseguia enxergar. Apenas sabia que estava na beirada de algum espaço imenso e sentia coisas sem nome ao seu redor. Lutou em vão contra aquele nada que era tudo que seus olhos esforçados podiam ver. Algo apertou dolorosamente seu pescoço.

Ergueu a mão e sentiu que a corrente de seu crucifixo estava rígida e vibrando ao redor do seu pescoço. Deu um sorriso sombrio ao entender o que estava acontecendo. O crucifixo. Percebeu que sua mão estava tremendo, porém mesmo assim soltou a corrente e jogou o crucifixo no chão. Soltou um suspiro.

Ao seu redor, o nada se dissolveu tão de repente como em um sonho, abrindo-se em uma extensão inimaginável. Estava no alto de uma colina sob um céu cheio de estrelas estranhas. Mais abaixo, podia ver vislumbres de planícies enevoadas e vales com picos montanhosos erguendo-se à distância. Aos seus pés, um faminto círculo de pequenas criaturas cegas pulava, batendo os dentes.

Eram obscenos, difíceis de enxergar nas sombras da encosta, e o barulho que faziam era nauseante. Sua espada ergueu-se praticamente sozinha e lançou-se furiosa contra os pequenos horrores que saltavam em suas pernas. Morriam espatifando-se, respingando nas suas coxas nuas de forma desagradável, e depois que alguns se silenciaram com a sua lâmina, os demais fugiram na escuridão, arfando assustados, as patas fazendo um som estranho ao se chocarem com as pedras.

Jirel arrancou um punhado da grama rala que crescia ali e limpou as pernas da imundície obscena, olhando ao seu redor com a respiração acelerada para aquela terra tão amaldiçoada que um portador da cruz não conseguia atravessar. Se em algum lugar era possível encontrar a arma que ela procurava, seria ali. Atrás dela, estava a entrada do túnel do qual ela emergira. Acima dela, brilhavam as estranhas estrelas. Não era capaz de reconhecer uma única constelação, e se as mais brilhantes eram planetas, eram igualmente estranhos, tingidos de violeta, verde e amarelo. Um era de um vermelho vivo, como um ponto de fogo. Bem ao longe no terreno irregular viu uma coluna de luz. Não estava em chamas, nem iluminava seus arredores escuros. Não provocava sombras. Era simplesmente um grande pilar de radiância erguendo-se alto na noite. Parecia ser artificial – talvez feito por mãos humanas, apesar de ter poucas esperanças de encontrar pessoas ali.

Uma parte dela esperava, apesar de suas bravatas, encontrar o pavimento incandescente do inferno, familiar e sempre lembrado; aquela terra quase agradável iluminada por estrelas a surpreendera, deixando-a ainda mais em alerta. As criaturas que tinham construído o túnel não poderiam ter sido humanas. Ela não tinha o direito de esperar encontrar a humanidade ali. Tinha ficado um pouco espantada ao encontrar céu aberto tão debaixo da terra, apesar de ser inteligente o bastante para saber que não estava mais embaixo da terra, onde quer que estivesse. Nenhum buraco no mundo poderia ter aquele céu estrelado. Ela era de uma época crédula e aceitava o que lhe cercava sem questionar muito, porém, na verdade, estava levemente desapontada pelo lugar acolhedor e iluminado por estrelas. Seria mais provável encontrar uma arma contra Guillaume nas flamejantes estradas do inferno.

Quando terminou de se limpar e de esfregar a espada na grama, desceu lentamente a colina. O pilar a chamava ao longe. Depois de um momento de indecisão, ela seguiu para lá. Não tinha tempo a perder e ali era o lugar mais provável para encontrar o que procurava.

A grama áspera roçava em suas pernas e murmurava embaixo de seus pés. Tropeçou algumas vezes no cascalho, pois a encosta era íngreme, mas chegou ao fim sem acidentes e avançou em direção ao brilho distante do pilar. Sentia como se, de alguma forma, estivesse mais leve. A grama mal se dobrava por baixo dela e descobriu que era capaz de dar longos passos, como alguém que corresse com asas nos calcanhares. A força da gravidade talvez fosse menor do que da que estava acostumada. O que ela sabia era que deslizava sobre o chão com uma velocidade espantosa.

Passou pela planície viajando assim, sobre a estranha grama áspera, sobre um ou dois riachos que conversavam entre si sem parar em uma língua estranha, quase uma fala, que com certeza não tinha nada a ver com o costumeiro gorgolejar de água corrente. Passou por cima de uma mancha de escuridão, como se fosse um bolsão de nada no ar, e lutou para passar por olhos enraivecidos que piscavam e arquejavam. Estava começando a notar que aquela terra não era tão inocentemente normal quanto parecia.

Avançou mais e mais, naquela velocidade espantosa, enquanto a planície corria por baixo de seus pés esvoaçantes, e pouco a pouco a luz tornava-se mais próxima. Conseguia ver que era uma torre redonda de luz contida, como se paredes de chama sólida se erguessem da terra. Porém, não bruxuleava nem jogava nenhuma luz no céu.

Com aquela velocidade saída de sonhos, pouco tempo se passou e ela estava quase chegando ao seu objetivo. O solo ficara enlameado e o cheiro de pântano subiu até suas narinas. Viu que entre ela e a luz se estendia um trecho de terreno instável coberto de junco escuro. Aqui e ali podia ver manchas brancas se movendo. Podiam ser feras ou apenas fogos-fátuos. A luz das estrelas iluminava pouco.

Escolhia o seu caminho com cuidado no lamaçal escuro. Onde tufos de junco cresciam, encontrou solo mais firme, e pulava de tufo em tufo com aquela leveza espantosa, fazendo com que seus pés mal encostassem no lodo negro. Em alguns pontos, bolhas erguiam-se lentamente na lama, estourando pesadamente.

Ela não gostava daquele lugar.

Na metade do caminho, viu que uma das manchas brancas se aproximava em movimentos erráticos. Pulava de forma irregular, e ela chegou a pensar que era algo inanimado, pois sua aproximação era indireta e despropositada. Porém, aproximou-se mais em seu estranho passo saltado, fazendo barulhos estranhos ao bater no muco. Na luz das estrelas, ela de repente conseguiu ver o que era, e, por um instante, seu coração parou e bile subiu na sua garganta. Era uma mulher, uma mulher linda, cujo corpo pálido e nu tinha as curvas agradáveis de uma estátua de mármore. Estava agachada como um sapo e Jirel assistiu, estupefata, ela endireitar as pernas e pular como um, desajeitada, caindo um pouco mais além de onde Jirel a observava. Não parecia ter visto Jirel.

O rosto manchado de lama estava sem expressão. Ela avançou entre o lodo em pulos desajeitados.

Jirel observou até a mulher ser pouco mais do que uma mancha branca vagando na escuridão. Passado o choque, foi tomada por pena e por um ressentimento incompreensível contra quem quer que tivesse reduzido uma criatura tão adorável àquilo – a pular como um sapo sem direção na lama, a mente vazia, olhos cegos e fixos. Pela segunda vez naquela noite, sentiu lágrimas arderem enquanto prosseguia.

Porém, o encontro lhe deu esperança. A figura humana não estava ausente ali. Poderia encontrar demônios de cascos e chifres, como ela ainda achava que ia encontrar, mas não estaria sozinha em sua humanidade, mesmo se os demais fossem tão lamentavelmente vazios como a que acabara de ver... Ela não prosseguiu naquela linha de pensamento. Era desagradável demais. Ficou feliz quando o pântano ficou para trás, pois não precisava mais ver as formas brancas e desengonçadas saltando na escuridão.

Avançou pelo espaço estreito que ficava entre ela e a torre. Podia ver que era uma construção feita de luz. Não podia entender, mas via. Paredes e colunas delineavam a torre, placas sólidas de luz com limites visíveis e não-radiantes. Ao se aproximar, notou que estava em movimento, como se placas de água brotassem de uma fonte subterrânea e fossem iluminadas ao subir sob grande pressão. Porém, instintivamente sabia que não era água, mas luz solidificada.

Avançou hesitante, apertando a espada. A área ao redor do pilar estava pavimentada com algo preto e liso que não refletia a luz. Dali, brotavam as paredes de radiância em limites rigidamente determinados. A imensidão da coisa a deixava se sentindo uma anã. Olhou para cima sem deslumbramento, tentando compreender. Se era possível existir algo como luz sólida e que não se irradiava, ali estava.

4

Teve que se aproximar muito da majestosa torre antes que pudesse ver os detalhes do prédio com clareza. Eram estranhos – grandes pilares e arcos ao redor da base com um portal estupendo, todos esculpidos na luz aprisionada. Virou-se na direção da abertura, pois a luz parecia tangível e duvidava que conseguisse atravessá-la mesmo se tentasse.

Quando estava debaixo daquele portal imenso, espiou por ele, assustada com o tamanho do lugar. Podia jurar que dava para ouvir o silvo e o barulho da luz subindo. Estava olhando para o interior de um grande globo, um cômodo moldado como o interior de uma bolha, apesar de ser tão amplo que mal dava para perceber. No centro exato do globo, uma luz flutuava. Jirel piscou. Uma luz habitando uma bolha de luz. Brilhava suspensa no ar, com uma chama pálida e firme, de alguma forma viva e animada. Seus olhos doíam ao olhá-la, pois sua luz era mais forte do que a iluminação suave do edifício.

Ficou no limiar observando, sem coragem para se aventurar no interior. Na sua hesitação, a luz se alterou. Um lampejo rosa tingiu sua palidez. O rosa aprofundou-se e escureceu até ficar da cor de sangue. Seu formato também passou por estranhas mudanças. Esticou-se e estreitou-se, dividindo-se em dois bastões na extremidade inferior e estendendo dois tentáculos perto do topo. O vermelho-sangue empalideceu de novo, e a luz perdeu seu brilho, retrocedendo para as profundezas da coisa que se formava. Jirel agarrou a espada e quase não respirava ao observar. A luz estava tomando forma de um ser humano: uma mulher alta de armadura, o cabelo vermelho desalinhado e olhos encarando diretamente os olhos que estavam no portal...

— Bem-vinda – disse a Jirel suspensa no centro do globo, sua voz profunda e clara apesar da distância entre elas. A Jirel na porta prendeu a respiração, temerosa e maravilhada. Aquela era ela em cada detalhe, uma Jirel espelhada – ou seja, uma Jirel refletida em uma superfície que brilhava e chamejava com uma luz mal contida, fazendo seus olhos brilharem junto. A figura como um todo parecia manter a sua forma com esforço, e apenas conseguia impedir que se dissolvesse em luz pura e sem forma de novo. Mas a voz não era sua. Sacudia e ressoava com um conhecimento tão alienígena quanto as paredes construídas de luz. Zombava dela.

— Bem-vinda! Atravesse o portal, mulher!

Olhou com cautela para as paredes que subiam rugindo ao seu redor. Por instinto, recuou.

— Entre, entre! – apressava a voz debochada que saiu de seus próprios lábios espelhados. Havia um tom ali que não lhe agradava.

— Entre! – gritou a voz, dessa vez como uma ordem.

Jirel estreitou os olhos. Sua intuição dizia para que voltasse, e mesmo assim... Ela sacou a adaga que tinha enfiado no cinto e, com um movimento rápido, lançou-a no grande salão circular. Ela atingiu o solo sem ruído e uma luz brilhante ergueu-se ao seu redor, tão brilhante que ela não podia ver o que estava acontecendo. Aparentemente, a faca se expandiu, crescendo e ficando nebulosa, cercada de luz cegante. Em menos tempo do que se precisa para contar, tinha sumido de vista como se seus próprios átomos tivessem se afastado e se dispersado no brilho dourado daquela imensa bolha. O brilho sumiu junto com a faca, deixando Jirel olhando espantada para o chão vazio.

Aquela outra Jirel riu, uma risada profunda e sonora, cheia de desprezo e malícia.

— Fique aí então – disse a voz. – Você é mais inteligente do que pensei. Bem, o que você quer aqui?

Jirel esforçou-se para encontrar a sua voz.

— Procuro uma arma – disse. – Uma arma para enfrentar um homem que eu odeio tanto que nada sobre a terra é terrível o bastante.

—Você o odeia tanto assim? – perguntou a voz.

— Com todo o meu coração!

— Com todo o seu coração! – a voz ecoou e havia um riso escondido ali que Jirel não entendeu. Os ecos daquela risada correram pelo grande globo. Jirel sentiu suas bochechas queimarem de ressentimento pela implicação que aquele desprezo fazia, apesar de não saber o que era.

— Dê a ele o que você encontrar no templo negro do lago. Será um presente meu para você.

Os lábios que eram os de Jirel retorceram-se em uma risada de puro deboche e ao redor daquela figura que a reproduzia tão perfeitamente a luz chamejou. Ela viu a silhueta derreter como líquido ao virar os olhos para não ficar cega. Antes que os ecos daquele escárnio morressem, havia de novo apenas a luz cegante e sem forma no meio da bolha.

Jirel virou-se e saiu aos tropeções da torre majestosa, com a mão nos olhos cegos. Só quando chegou no limite do círculo negro que pavimentava o solo ao redor da torre sem refleti-la é que percebeu que não sabia como encontrar o lago onde estava aquela arma. E só nesse momento ela lembrou do quão fatal diziam ser aceitar presentes de um demônio. Comprar sim, ou fazer por merecê-lo; nunca aceitar como presente. Ela deu de ombros e voltou a pisar na grama. Com certeza já estava condenada à danação eterna, por ter se aventurado de vontade própria naquele lugar estranho com um propósito daquele. A alma só pode ser perdida uma vez.

Olhou para as estranhas estrelas e pôs-se a pensar em qual direção deveria ir. O céu olhou-a indiferente com seus milhares de olhos sem sentido. Uma estrela caiu enquanto ela observava, e sua alma supersticiosa encarou aquilo como um sinal. Assim, dirigiu-se com determinação pela planície sombria na direção em que o raio brilhante sumira. Não havia pântanos dificultando o caminho ali e logo estava deslizando sobre a grama naquele estranho passo dançado que a leveza do lugar permitia. Conforme ela prosseguia, ia se lembrando, como se tivesse sido muito tempo antes e em um mundo distante, da risada arrogante de um homem e da pressão da boca dele sobre a sua. O ódio borbulhou quente e saiu de seus lábios em uma pequena gargalhada, cheia de expectativa. Que coisa terrível a aguardaria no templo, que punição infernal esperava para ser lançada por suas mãos sobre Guillaume? Apesar do preço ser a sua alma, consideraria uma troca justa se pudesse tirar o riso da boca dele, trazendo medo aos olhos que debochavam dela.

Pensamentos assim a acompanharam por um longo tempo durante a jornada. Ela não pensou em se sentir sozinha ou com medo na escuridão bizarra onde nenhuma sombra caia daquele imensa coluna de luz que ficara para trás. A planície imutável voava por baixo dos seus pés como se fosse um sonho. Parecia que era a terra que se movia e não ela, tão fácil era o seu progresso. Tinha certeza da sua direção pois mais duas estrelas tinham caído, fazendo o mesmo arco no céu.

A planície não estava deserta. Por vezes, sentiu presenças na escuridão e uma vez encontrou um ninho dos pequenos horrores ladradores que encontrara na colina. Pularam nela com dentes batendo, loucos com uma ferocidade cega, e ela golpeou em círculos frenéticos, enjoada com o barulho que faziam ao espatifarem na grama, espalhando-se pela sua espada ao morrerem. Ela os derrotou e prosseguiu, lutando contra o enjoo, pois nunca conhecera nada tão nojento quanto aquelas pequenas monstruosidades.

Atravessou um córrego que falava sozinho na escuridão, com murmurar estranho que chegava perto de ser uma língua, e poucos passos depois parou de repente, sentindo o chão tremer com o relampejar de cascos se aproximando. Ficou rígida, analisando a escuridão ansiosamente, sentindo o tremor aumentar cada vez mais e viu um borrão branco lampejando ao seu redor. O som dos cascos aumentava até que da noite saiu uma manada de cavalos brancos como a neve. Corriam majestosamente, sacudindo as crinas, o rabo em pé, os pés batendo no solo em um ritmo profundo, de mexer com o coração. Ficou sem respirar de tanta beleza que havia naquele movimento. Passavam por ela a uma pequena distância, sacudindo a cabeça e marcando o chão com pés desdenhosos.

Porém, conforme se aproximavam, pode perceber que um deles balançou e tropeçou em outro, que por sua vez sacudiu a cabeça, espantado. De repente, viu que eram cegos – correndo tão esplendidamente em uma escuridão ainda mais profunda do que aquela em Jirel tateava. Viu também que seus corpos estavam cobertos de suor e espuma pingava de suas bocas, e as narinas eram buracos vermelhos. Vez por outra, um deles tropeçava de exaustão, e mesmo assim corriam freneticamente, às cegas na escuridão, impelidos por algo incompreensível.

Quando o último deles passou por ela, coberto de suor e exausto, ergueu a sua cabeça, espalhando espuma, e soltou um relincho estridente para as estrelas. Para ela, soou extremamente articulado, quase como se pudesse ouvir o eco de um nome – "Julienne, Julienne!" – naquele som alto e desesperador. Aquela incongruência, aquele desespero amargo, apertou seu coração com tanta força que, pela terceira vez naquela noite, lágrimas queimaram seus olhos.

A humanidade tenebrosa daquele grito ecoou em seus ouvidos enquanto o trovejar dos cascos se desvanecia. Ela continuou, piscando para conter as lágrimas por aquela bela criatura cega, tremendo de exaustão, chamando, na escuridão vazia em que se perdera, o nome de uma mulher usando a garganta de um animal desesperado.

Outra estrela cruzou o céu e ela se apressou, fechando a sua mente para a estranha atmosfera de comiseração que deixava sabor de lágrimas na escuridão estrelada daquela terra. Dentro dela crescia a sensação de que, apesar de não ter encontrado nenhum poço de enxofre onde demônios dançavam sobre as chamas, talvez estivesse correndo através de um tipo de inferno.

A distância, podia ver algo cintilando. O solo afundou logo depois e ela o perdeu de vista, passando por uma ravina onde coisas pálidas se afastavam dela, se aprofundando na escuridão. Nunca soube o que eram e estava grata por isso. Quando voltou a estar em solo mais elevado pode ver mais claramente uma extensão de brilho difuso à frente. Teve esperanças de que fosse um lago e correu mais rápido.

Era um lago; um lago que jamais poderia existir em outro lugar além daquele inferno obscuro. Em dúvida, parou na margem, imaginando se aquele seria o lugar a que o demônio de luz tinha se referido. Água escura e brilhante estendia-se a sua frente, ondulando levemente em um movimento que não parecia com o de nenhum outro corpo de água que já vira. Nas suas profundezas, brilhavam várias pequenas luzes, como vaga-lumes presos no gelo. Estavam fixos ali, imóveis, sem se mexer com o movimento da água. Ao observar aquilo, algo sibilou por cima dela e uma faixa de luz dividiu o céu escuro. Olhou para cima a tempo de ver algo brilhante curvar-se no céu e cair na água sem a espalhar, gerando pequenas ondas fosforescentes que se espalhavam preguiçosamente na direção da margem, onde se quebravam aos seus pés com um estranho som sussurrado, como se cada onda dissesse a sílaba de uma palavra.

Olhou para cima tentando descobrir a origem das luzes cadentes, mas as estrelas estranhas a observavam indiferentes. Inclinou-se e olhou fixamente para baixo, para o centro de onde as ondas se espalhavam, e onde a coisa caiu pensou ver uma nova luz piscando na água. Não soube dizer o que era. Depois de um momento, desistiu de descobrir e olhou ao seu redor, procurando o templo ao qual o demônio-de-luz tinha se referido. Com o passar do tempo, achou que havia visto algo escuro no meio do lago. Ao encará-lo por alguns minutos, ele tornou-se mais distinto, um arco de escuridão contra o fundo estrelado da água. Podia ser um templo. Andou lentamente pelas margens do lago, tentando ter uma visão melhor, pois não era nada além de escuridão entre as estrelas, como um vazio no céu em que estrelas não brilhassem, até tropeçar em algo na grama.

Olhou com espantados olhos amarelos e viu uma escuridão estranha e inconfundível. Tinha solidez ao toque, mas era indistinta para a visão, como se não pudesse focá-lo. Era como tentar ver algo que não existia além de uma escuridão, um vazio na grama. Tinha a forma de um degrau, e quando seguiu com os olhos pode ver que era o começo de uma ponte que se estendia sobre o lago, estreita, curva e feita de nada. Parecia não ter superfície e suas beiradas eram difíceis de distinguir na penumbra que a cercava. Porém, era tangível, um arco esculpido na escuridão, e levava para onde queria ir, pois tinha a instintiva certeza de que a mancha difusa no meio do lago era o templo que estava procurando. As estrelas cadentes a tinham guiado até ali, não havia como ter se perdido.

Cerrou os dentes e apertou o punho da espada, para só então colocar o pé na ponte. Era sólida como pedra debaixo de si, mas estreita e sem corrimão. Tinha avançado um ou dois passos quando começou a sentir-se tonta, pois a água mexia-se de uma maneira que fazia sua cabeça rodar e as estrelas piscavam sinistras. Ela não ousava desviar o olhar com medo de perder o equilíbrio naquele estreito arco de escuridão. Era como andar por uma ponte que se arremessava sobre o nada, com estrelas debaixo de seus pés e nada além de uma faixa instável para sustentá-la. Na metade do caminho, o movimento da água e a ilusão de que havia um vasto espaço cheio de estrelas debaixo de uma ponte que parecia ser feita de vazio fez sua visão rodar; ela prosseguiu, tropeçando, enquanto a ponte balançava com ela, em arcos gigantescos sobre o vazio estrelado abaixo.

Conseguiu ver o templo mais de perto, apesar de ter pouca clareza além da visão que tinha da margem. Era pouco mais do que um vazio delineado contra o brilho cheio de estrelas por trás, marcando seus arcos e colunas de nada na água cintilante. A ponte descia em uma longa curva até a porta. Jirel atravessou os últimos metros em uma corrida arriscada e parou, sem fôlego, debaixo do arco que servia de porta de entrada para o templo. Ficou ali, ofegante, olhando ao seu redor com atenção, com a espada pronta. Pois, apesar do lugar estar vazio e muito quieto, ela sentiu uma presença ao colocar o pé naquele lugar.

Era como se encarasse um pequeno pedaço de nada no lago estrelado e nada além disso. Podia ver as paredes e colunas, onde suas silhuetas apareciam na água e onde faziam sombra no céu coalhado de estrelas; mas, onde havia apenas escuridão por trás, não podia ver nada. Era um lugar pequeno, poucos metros quadrados de vazio no espelho de águas cintilantes.

E em seu centro havia uma imagem.

Encarou-a em silêncio, sentindo uma compulsão esquisita crescendo dentro dela, algo vindo de fora de si, dando-lhe um comando vago. A imagem era de uma substância de um negro inominável, diferente do material usado no templo, pois podia vê-la claramente mesmo na escuridão. Era uma estranha figura semi-humana de gênero indefinível, agachada como se estivesse dando impulso para a frente. Seu único olho central estava fechado como se em êxtase, os lábios apertados esperando um beijo. E apesar da imagem sequer parecer estar viva, sentiu a inconfundível presença de algo vivo no templo, algo tão alienígena e inominável que recuou por instinto.

Ficou ali parada por um minuto inteiro, relutando em entrar em um lugar habitado por um ser tão estranho, semiconsciente da compulsão inaudível que crescia dentro de si. Lentamente, começou a perceber que todas as linhas e ângulos do edifício semivisível eram curvadas de forma a tornar a imagem seu centro e foco. A própria ponte curvava seu longo arco de forma a completar aquela centralização. Conforme observava, parecia que até mesmo as estrelas no céu e no lago se agrupavam em padrões que tinham a imagem como foco ao serem observadas através dos arcos. Cada linha e cada curva naquele mundo de penumbra girava em torno da figura agachada à sua frente, olho fechado e boca em espera.

Pouco a pouco, aquele foco universal começou a influenciá-la. Deu um passo hesitante sem notar. Mas aquilo era tudo que seu impulso adormecido precisava. Com aquele único movimento em frente, a compulsão desceu sobre ela com uma impetuosidade estonteante. Sem conseguir se controlar, sentiu-se avançando, enquanto uma pequena porção sã de sua mente percebia a loucura que a possuía, aquele impulso invisível de fazer o que cada linha visível na construção daquele templo fora construída para incentivar. Com as estrelas girando ao seu redor, avançou e pousou as mãos nos ombros arredondados da imagem. A espada, esquecida, era como um galardão protegendo o pescoço curvado. Ergueu a cabeça ruiva e, às cegas, colocou sua boca por cima dos lábios prontos da figura.

Como um sonho, deu aquele beijo. Em um sonho de tontura e confusão, pareceu sentir os lábios frios e metálicos mexendo-se debaixo dos seus. Na união daquele beijo, de uma mulher viva com uma estátua feita de pedra sem nome, no encontro daqueles lábios, algo entrou na sua alma; frio e atordoante, algo alienígena além das palavras. Caiu sobre a sua alma trêmula como um peso frígido saído do vazio, uma bolha que continha algo inimaginavelmente alienígena e assustador. Sentiu esse peso sobre uma parte intangível de si que se encolheu. Poderia ser de remorso ou desespero, mais frio, mais estranho e – de alguma maneira – mais profético, como se aquele peso fosse o do ovo do qual chocariam coisas terríveis demais para serem descritas com palavras.

Durou o tempo de uma respiração, mas para ela foi infinito. Como em um sonho, sentiu que a compulsão finalmente a deixava. Nesse sonho tênue, suas mãos caíram dos ombros da estátua, sentindo o peso da espada, encarando-a sem ver por um tempo enquanto a clareza começava a voltar para a sua mente enevoada. Quando ela tornou-se totalmente consciente de si de novo, estava em pé, o corpo frouxo e a cabeça pesada na frente da imagem cega e atraente, aquele peso morto sobre seu coração tão angustiante quanto uma tristeza antiga e ainda mais agourento do que suas palavras podiam descrever.

E com o súbito retorno da sua consciência, o terror mais absoluto tomou conta de Jirel. Ficou aterrorizada com a imagem, o templo de escuridão, o gélido lago estrelado e todo aquele amplo mundo assustador e sombrio ao seu redor. Sentiu saudades desesperadoras de casa, até mesmo do ódio furioso e da boca de Guillaume, da arrogância raivosa de seus olhos. Qualquer coisa, menos aquilo. Viu que estava correndo sem saber o porquê. Seus pés deslizavam suavemente sobre a ponte estreita como as asas de uma gaivota sobre o mar. Em um instante, o vazio estrelado passou sobre ela e pisou em solo firme. Viu a grande coluna de luz a distância, do outro lado da planície sombria atrás de uma colina, erguendo-se contra as estrelas. Correu.

Correu com o medo em seus calcanhares e demônios uivando no vento que a sua própria velocidade criava. Corria do seu corpo curiosamente estranho, pesado com sua carga de inexplicável desgraça. Passou pela ravina onde vagavam as criaturas pálidas, voando pelo terreno irregular em um terror frenético. Correu e correu, naqueles longos saltos suaves que a gravidade mais baixa permitia; o seu pânico a sufocava e o peso que sentia na alma a arranhava de forma assustadora demais até para lágrimas. Ela fugia para fugir daquilo tudo e não podia. A certeza opressora de que carregava dentro de si algo muito terrível só crescia.

Por um longo tempo, deslizou sobre a grama, sem se cansar, com asas nos pés, o cabelo ruivo esvoaçando. O pânico passou depois de um tempo, mas a sensação pesada de desastre não. Sentia que lágrimas poderiam acalmá-la, mas algo na fria escuridão da sua alma congelava as suas lágrimas no gelo daquela frieza alienígena e cinzenta.

Aos poucos, na escuridão que carregava dentro de si, uma expectativa feroz tomou forma na sua mente. Vingança contra Guillaume! Tinha tirado do templo apenas um beijo, e era isso que iria entregar a ele. Selvagemente, exultou ao pensar no que aquele beijo soltaria dentro dele sem que suspeitasse. Não sabia, mas só imaginar a deixava cheia de uma satisfação feroz.

Tinha passado pela coluna de luz e desviou do atoleiro onde as formas brancas vagavam desajeitadas pelo muco. Estava atravessando a grama áspera na direção da colina quando o céu começou a clarear no horizonte. Com aquela luz, um novo medo tomou conta dela, um terror selvagem do que seria a luz do dia naquela terra profana. Ela não sabia se temia a luz ou o que seria revelado nos recônditos escuros que tinha atravessado às cegas – que horrores desconhecidos ela teria evitado de noite. Mas sabia instintivamente que, se dava valor a sua sanidade, deveria sair dali antes que a luz surgisse sobre a terra. Redobrou seus esforços, forçando os membros cansados para conseguir ainda mais velocidade para deslizar. Seria por muito pouco, pois as estrelas já sumiam e um curioso rastro verde aumentava no céu; ao seu redor o ar assumia um vago e desagradável tom de cinza.

Ofegante, subiu com dificuldade a encosta íngreme. Quando estava na metade, sua própria sombra começou a tomar forma sobre as rochas; era estranha e tinha um significado aterrador, que ela quase conseguia entender. Desviou seus olhos, com medo do significado surgir no seu cérebro castigado.

Podia ver o topo da colina acima de si, escura contra o céu que empalidecia, e a escalou com pressa frenética, agarrando a espada e sentindo que, se olhasse na luz para aquelas pequenas e assustadoras abominações que a atacaram quando saiu do túnel, iria cair em histeria.

A boca da caverna estava a sua frente, aberta em bocejo de escuridão convidativa, um refúgio da luz que surgia atrás de si. Ela sentiu um desejo quase irresistível de virar e olhar para trás daquele ponto privilegiado para observar a terra que tinha cruzado. Apertou o punho de sua espada com força para vencer essa vontade perversa. Ouviu um barulho de luta nas pedras do caminho. Apertou o lábio inferior entre os dentes e sacudiu a espada em arcos curtos, sem olhar para baixo. Ela ouviu pequenos gemidos e o som de pés nas pedras, sentiu sua lâmina atingir algo semissólido por três vezes e o bater de dentinhos afiados. Eles se afastaram e saíram correndo pela encosta, enquanto ela continuou aos tropeços, engasgando com o grito que lutava desesperadamente para sair.

Lutou contra aquela sensação crescente por todo o caminho até a caverna, pois sabia que, se começasse, só pararia quando sua garganta sangrasse.

O sangue escorria pelo lábio, mordido no esforço de ficar em silêncio, quando alcançou a caverna. E ali, brilhando entre as pedras, estava algo pequeno, luminoso e familiar. Com um soluço aliviado, inclinou-se e pegou o crucifixo que tinha arrancado da sua garganta ao chegar naquela terra.

Quando seus dedos se fecharam ao redor da cruz, uma ampla e protetora escuridão se fechou ao seu redor. Respirando aliviada, tateou o caminho nos poucos passos que a separavam da caverna.

A escuridão era uma manta sobre seus olhos e ela a recebeu agradecida, lembrando como sua sombra tinha se formado tão estranhamente na encosta, os primeiros raios da selvagem luz do sol batendo em seus ombros. Andou aos tropeções no escuro, lentamente recuperando o controle do corpo trêmulo e dos pulmões sobrecarregados, livrando-se devagar do pânico que o nascer do dia tinha feito surgir de forma tão inexplicável. Conforme o terror sumia, o peso em seu espírito tornava-se mais forte. Quase o esquecera em seu pânico, mas agora a sensação apavorante e desconhecida tornava-se mais iminente, mais opressiva e mais pesada na escuridão do submundo, fazendo-a prosseguir tateando em um estupor vazio criado por sua depressão, lenta com o peso da catástrofe que carregava.

Nada impedia o seu caminho. Em seu torpor, mal percebeu isso, pois também não esperava que os horrores que habitavam o lugar atacassem. Vazio e seguro, o caminho se estendia à frente dos seus pés cegos e inseguros. Apenas uma vez ela ouviu o som de outra presença – o silvo de uma respiração pesada, o raspar da pele escamada na pedra –, mas devia ter sido fora do alcance da sua passagem, pois não encontrou nada.

Quando chegou ao fim e uma parede fria se ergueu, procurou, tateando por hábito, até encontrar a abertura do túnel, que subia gentilmente na escuridão. Rastejou para dentro, arrastando a espada, até a inclinação e o teto baixo a forçarem a encostar o rosto no chão. Com mãos e pés foi se forçando pelo caminho em espiral.

Antes que avançasse muito, percebeu que se movia sem esforço, quase sem perceber que avançava contra a gravidade, A estranha tontura da passagem se abateu sobre ela, o curioso sentimento de mudança na substância do seu corpo. Sentiu-se deslizar sem fazer força para cima nas espirais em meio àquele entorpecimento nebuloso. De forma obscura, de novo tinha a estranha sensação de que os ângulos singulares daquela passagem nem subiam nem desciam. E, por um longo tempo, continuou naquele círculo estonteante.

Quando atingiu o final, sentiu os dedos apertando a beira da entrada que ficava abaixo do chão das celas mais baixas dos calabouços de Joiry. Puxou-se para cima e ficou deitada no chão frio, no escuro, enquanto a tontura nebulosa saía de sua mente, deixando apenas um peso opressor dentro dela. Quando a escuridão parou de rodar e o chão firmou, levantou-se sem vontade e tirou a cobertura, as mãos tremendo por causa do anel liso e frio que jamais vira a luz do dia.

Quando terminou, percebeu o motivo da penumbra estar mais fraca ao seu redor. Uma luz fraca delineava o buraco na parede de onde ela havia tirado as pedras – um século antes? O brilho quase a cegava depois de sua longa jornada pela escuridão, e ela ficou parada ali por um tempo, antes de sair para a luz familiar de tochas que sabia estarem a sua espera. Padre Gervase estaria ali, com certeza, aguardando ansioso pelo seu retorno. Mas mesmo ele não ousara a seguir pelo buraco na parede até a beira da passagem.

Ela sentia que devia estar tonta de alívio por ter voltado a salvo para a humanidade. Mas ao subir arrastando-se encosta acima na direção da luz e da segurança, só tinha consciência da apatia do horror que ainda estava preso de forma agourenta sob a sua alma espantada.

Ela saiu pela fenda na construção para a luz total das tochas que a esperavam, lembrando com um sorriso discreto como tinha feito a abertura ampla antecipando a fuga de algo terrível quando passasse por ali. Bem, não havia como fugir do horror que trazia dentro de si. Também se sentia mais lenta, seu coração demorando mais a bater, oscilando como uma corredora cansada.

Saiu na luz das tochas, tropeçando pela exaustão, a boca vermelha do sangue da mordida, as pernas nuas e a espada desembainhada manchadas pela morte dos pequenos horrores que enxameavam na saída da caverna. Debaixo do emaranhado de cabelos vermelhos, seus olhos encaravam o mundo de um jeito frio e vazio, como se tivesse visto coisas inomináveis. A beleza cortante e metálica que ela tinha estava desmaiada e suja como a lâmina de sua espada, e, ao olhar em seus olhos, Padre Gervase tremeu e se benzeu.

[

Estavam inquietos esperando por ela em grupo – o padre ansioso e sombrio, Guillaume esplêndido à luz das tochas, alto e arrogante; um punhado de soldados segurando as tochas e mexendo-se irrequietos. Quando ela viu Guillaume, a luz que chamejou em seus olhos ofuscou por um momento a tragédia escondida neles e seu coração vagaroso pulou como um cavalo empinando, fazendo o sangue correr com força pelas veias. Guillaume, majestoso em sua armadura, apoiou-se em sua espada e a encarou de cima com desprezo, com a pequena barba pontuda e negra. Guillaume, perante quem Joiry tinha caído.

Guillaume.

Aquilo que ela carregava no âmago do seu ser estava mais pesado do que qualquer outra coisa no mundo, tão pesado que mal conseguia ficar em pé, tão difícil era para seu coração bater com aquele peso. A vontade de se entregar era quase irresistível, de afundar mais e mais por baixo daquele peso esmagador, de deitar derrotada e exaurida no lugar cinzento, frio e desalmado em que ela mal percebia estar, no meio das nuvens que se moviam ao seu redor. Mas lá estava Guillaume, sombrio e sorridente, e ela o odiava tão amargamente que precisava fazer aquele esforço. A qualquer custo, pois sabia que a morte a esperava se segurasse aquele fardo por tempo demais – era uma faca de dois gumes, que poderia golpear seu portador se o golpe fosse adiado. Sabia disso mesmo através da névoa adensando-se em sua mente e ela colocou todo o seu poder no imenso esforço que era atravessar o espaço até ele. Tropeçou um pouco, dando um passo hesitante atrás do outro, e largou a espada que tilintou ao erguer seus braços na direção dele.

Ele a agarrou com força, em um aperto quente e rígido, e ela ouviu a sua detestável risada triunfante quando inclinou a cabeça para receber o beijo que ela estava levantando a boca para ofertar. Ele deveria ter visto, naquele último momento antes dos lábios se encontrarem, o brilho selvagem de triunfo em seus olhos. Mas não hesitou.

A sua boca era pesada contra a dela.

Foi um beijo longo. Ela sentiu quando ele ficou rígido em seus braços. Sentiu uma frieza nos lábios acima dos seus e lentamente o peso sombrio que estava carregando diminuiu, limpando sua mente enevoada. Sua força voltou para seu corpo.

O mundo inteiro pareceu renascer para ela. Ela saiu dos braços soltos dele e se afastou, olhando para o rosto de Guillaume com uma expressão de triunfo terrível no seu.

Viu a cor de sua pele sumir e a rigidez pétrea assumir o rosto marcado. Apenas seus olhos estavam vivos e atormentados, pois ele entendia o que estava acontecendo. Ela estava contente – queria que ele entendesse o que iria custar ter tomado o beijo de Joiry à força. Sorriu para seus olhos torturados, observando-os, e viu algo frio e estranho tomar conta dele, permeando-o lentamente com alguma emoção inominável que homem nenhum havia experimentado antes. Ela não era capaz de dizer o que era, mas viu em seus olhos um sentimento que não fora feito para ser conhecido por alguém de carne e osso, um desespero metálico que apenas uma criatura do vazio cinza e informe poderia ter sentido – estranho demais para que um ser humano aguentasse. Até mesmo ela tremeu ao ver o vazio frio e terrível em seus olhos e sabia que havia emoções e alegrias e medos fora demais da compreensão humana para que uma criatura viva as sentisse e sobrevivesse. Viu quando se espalhava cinzenta por ele e a própria carne tremia por causa daquele peso.

A mudança tornou-se física, visível. Ao observá-lo, ficou aterrorizada ao pensar que tinha carregado a semente daquele florescer terrível em seu próprio corpo, sobre a sua própria alma, e não estranhou mais que seu coração tivesse diminuído o ritmo com o peso insuportável daquilo. Ele estava rígido em pé, os braços dobrados, como estivera quando ela saiu do seu abraço. Tremores fortes começaram a tomar conta dele, como se tremulasse na luz das tochas, uma aparição acinzentada de armadura e com olhos atormentados. Viu o suor surgindo na testa dele. Viu uma gota de sangue escorrer da boca dele, como se ele tivesse mordido o lábio no meio da agonia daquelas emoções novas e incompreensíveis. Um último tremor o tomou de forma violenta, e ele jogou a cabeça para trás, a barba pontuda apontando para o teto, e os músculos da garganta se enrijeceram. Dos seus lábios, surgiu um longo e lento grito de uma estranheza tão inumana que Jirel sentiu frio correndo por suas veias e colocou as mãos no ouvido para bloqueá-lo. Tinha algum significado — expressava uma emoção terrível que não era tristeza, nem desespero, nem raiva, mas era infinitamente triste e alienígena. Suas longas pernas dobraram-se nos joelhos e ele caiu, um estrondo metálico, e ficou imóvel no chão de pedra.

Sabiam que ele estava morto. A forma como caíra era inconfundível. Jirel ficou imóvel, observando-o, e estranhamente parecia que todas as luzes no mundo tinham se apagado. Um momento antes, ele era tão grande e vivo, tão majestoso na luz das tochas – ainda podia sentir o beijo na sua boca e o calor de seus braços...

De repente, o que ela fez a atingiu. Sabia finalmente porque tanta violência a inundava quando pensava nele. Sabia por que o demônio de luz que assumira sua forma tinha rido com tanto deboche. Sabia o preço que deveria pagar por ter aceito o presente de um demônio. Sabia que não haveria mais luz no mundo, agora que Guillaume se fora.

Padre Gervase pegou-a pelo braço com gentileza. Ela se soltou, impaciente, e caiu ajoelhada ao lado do corpo de Guillaume, inclinando a cabeça para que seu cabelo vermelho caísse sobre seu rosto, escondendo suas lágrimas.

NOTAS SOBRE C.L. MOORE
(1911-1987), sua vida e obra

Ana Cristina Rodrigues

Pioneira esquecida

Hoje, quando se faz a associação entre mulheres e "Espada e Feitiçaria", subgênero da fantasia, a imagem mental padrão é uma ruiva de biquíni de metal, cristalizada pela reinvenção da Marvel para Sonja, criação de Robert Howard. Esse processo apagou duas pioneiras do gênero: Jirel de Joiry, a nobre espadachim vingativa criada por C. L. (Catherine Lucille) Moore.

Nascida em 1911, o caminho da escrita foi praticamente inevitável para a jovem Catherine, que, devido a uma saúde frágil, passou boa parte da infância e da adolescência entre livros. Essa carga de leitura incluiu muita coisa, principalmente os pioneiros da fantasia e a ficção romântica sobre o período medieval, influências marcantes em muitas das histórias que escreveu – e, em especial, no ciclo de Jirel de Joiry.

Jirel, uma das suas personagens mais marcantes, é apresentada como uma mulher que se disfarça de homem para poder defender seu próprio domínio. Por coincidência – ou não –, desde que começou a enviar contos para a Weird Tales, a jovem Catherine abreviou seus dois nomes (suas únicas publicações anteriores conhecidas, em uma revista universitária, foram como Catherine Moore). Mais tarde, Moore explicou que seu pseudônimo não teria sido uma tentativa de passar-se por homem para conseguir publicar, mas sim uma questão de esconder a sua identidade, por causa do seu empregador. E emprego, nos EUA pós-1929, era algo crucial – tão importante que fez a jovem recém-ingressa na universidade abandonar os estudos para trabalhar.

Essa necessidade de proteger seu emprego de secretária já expõe as dificuldades de ser uma escritora de fantasia nos primórdios dessa literatura, na era de ouro dos pulp fictions – os impressos baratos e massificados, que ajudaram a tornar populares gêneros como a Ficção Científica, a Fantasia e o Horror. Além dos problemas de todos os autores iniciantes, como a falta de reconhecimento e de dinheiro, ser uma escritora poderia prejudicar inclusive a carreira profissional.

Portanto, foi como C. L. Moore que mandou o seu primeiro conto como profissional para a revista Weird Tales, então já reconhecida como uma das mais importantes revistas pulp. "Shambleau", a história de uma inocente menina resgatada pelo herói espacial Northwest Smith e que tem uma reviravolta surpreendente, foi saudado pelo editor da revista como o melhor trabalho que tinha recebido. Algumas lendas sobre essa história circularam; por exemplo, é comum ler em trabalhos sobre a autora que ela teria sido recusada por mais de quinze revistas até ser resgatada pelo editor. A própria C. L. Moore rechaçou isso, dizendo que enviou direto para a Weird Tales, por ser a única do gênero que ela conhecia, e que ficou muito surpresa (e satisfeita) com o então gordo cheque de US$100.

Não foi só o editor da revista que se encantou com a escrita de Moore. Um contribuidor mandou por carta elogios à obra:

"'Shambleau' é ótimo. Começa de forma magnífica, com o tom certo de terror, e insinuações sombrias do desconhecido. A sutil maldade da Entidade, sugerida pelo horror inexplicado do povo, é poderosíssima – e a descrição da Criatura, quando descoberta, não decepciona."

Se é um elogio válido, torna-se ainda mais precioso e impressionante por vir de H. P. Lovecraft, grande nome da literatura de terror e que, na época, já surgia como um referencial, junto com Robert Howard. Publicada em 1934, a noveleta "Black God's Kiss" surgiu como mais um ponto alto nessa carreira recente, mas promissora, com outros contos do personagem Northwest Smith publicados na própria revista. A história da jovem nobre vingativa é um marco não só na carreira de Moore; foi a primeira vez que uma saga de Espada e Feitiçaria era escrita por uma mulher – e protagonizada por uma. Moore foi uma das grandes pioneiras do gênero, sendo dos primeiros autores a tomar a direção apontada por Robert Howard e tendo inspirado várias outras autoras, como Marion Zimmer Bradley e Leigh Brackett.

Jirel de Joiry

Nobre e governante da região de Joiry, em um cenário que aparentemente é a França Medieval, a jovem Jirel vê, apesar de seus esforços, seu domínio ser invadido. Presa, depara-se com a possibilidade de ser igualmente tomada à força pelo invasor, o odioso Guillaume.

Movida pelo ódio, está longe dos estereótipos e dos padrões que o gênero costuma destinar às mulheres: não é uma virgem inocente (ela mesma se declara conhecedora do amor), não espera e nem quer ajuda dos homens ao seu redor – a única concessão a isso, na história de apresentação, é o pedido ao padre para que ouça a sua confissão.

Ao contrário das obras de Lovecraft, que pouco falavam do cristianismo, Jirel aparece envolta na religião cristã da época medieval. Imersa em culpa e medo, segue a sua viagem em busca de uma arma, enquanto ao seu redor as imagens de demônios e terrores são construídas pelas palavras melódicas de Moore. A Idade Média habitada por Jirel não é a reimaginada pelos escritores de fantasia épica, onírica e mágica, mas a Idade das Trevas, obscurantista e baseada no medo.

Em "O beijo do Deus Sombrio" – assim como em outros contos do próprio ciclo de Jirel e de Nortwhest Smith – sensações e emoções são descritas de forma intensa, colocando por vezes o leitor na pele da protagonista. A caminhada ligeira pelas terras estranhas que ela percorre muda de ritmo, mesmo que a velocidade permaneça a mesma, quando retorna dos braços do Deus Sombrio. Passamos de um maravilhamento aterrorizado, com que Moore nos apresenta ao mundo após o túnel abaixo de Joiry, a uma angústia pesada, descrita com mais sobriedade e de forma mais direta, sem o caos de sensações diferentes da ida.

O final talvez cause estranheza, afinal Jirel consegue alcançar seu objetivo, mas a solução não a satisfaz. Talvez seja esse o preço a pagar pelo presente de um demônio. Jamais a senhora de Joiry voltará a estar plenamente satisfeita – e esse é o mote das outras cinco histórias em que a personagem aparece, escritas entre 1934 e 1939.

Uma delas, "Quest of the Starstone", apresenta uma parceira inusitada entre a dama Jirel e o herói espacial Northwest Smith – sendo também fruto de um trabalho em dupla, entre C. L. Moore e o seu mais dedicado admirador.

Casamento no papel e nas letras

Com o prosseguimento da sua carreira, Moore foi conquistando mais espaço, passando a publicar em outras revistas além da Weird Tales, e mais admiradores do seu estilo de escrita. E muitos acreditavam estar lendo as palavras de um homem, como foi o caso de Henry Kutner, também autor publicado pela Weird Tales, que escreveu uma longa carta elogiosa ao "Sr. C. L. Moore".

Desfeito o engano, continuaram a trocar correspondências, até finalmente se encontrarem pessoalmente. Entre idas e vindas de cartas, tornaram-se parceiros de escrita por volta de 1937 e, a partir daí, passam a praticamente só escrever juntos, seja com pseudônimos – os mais famosos foram Lewis Padgett e Lawrence O'Donnel – ou assinando em dupla. Porém, alguns estudiosos chegam a afirmar que mesmo os trabalhos assinados somente por Kutner tiveram também a participação de Moore, apesar de recíproca aparentemente não ser verdadeira.

O companheirismo nascido de um amor à primeira vista tornou-se um longo casamento, em que ambos passaram a se dedicar exclusivamente a escrita – em 1940, Moore largou o emprego para escrever. A guerra não os separou, pois a saúde frágil de Kutner impediu que fosse enviado para o front, e foram anos de intensa produção, em que se tornaram autores recorrentes da Astounding Science Fiction, uma das mais populares revistas de Ficção Científica.

O pós-guerra trouxe mudanças no mercado editorial, aumentando o interesse do público em histórias de mistério e espionagem, fazendo com que o foco do casal migrasse junto. Suas contribuições na Fantasia e na FC foram mais escassas conforme a década de 1950 avançava, e, aos poucos, adaptaram-se. Tornaram-se ao mesmo tempo professores de novos escritores e estudantes universitários, tentando acompanhar os novos rumos do mundo em que viviam.

Uma dessas tentativas foi a aproximação com o audiovisual, e ambos apresentavam projetos para séries e filmes, fossem adaptações de obras suas ou projetos originais, além de escrever roteiros para séries já estabelecidas. Estavam a caminho de se estabelecer no ramo quando foram forçados a terminar a parceria pelo pior dos motivos.

Adeus às armas

Henry Kutner faleceu em fevereiro de 1958.

Catherine Moore continuou dando aulas por ele ainda mais um tempo e continuou a escrever episódios para séries de TV. Porém, sua produção literária caiu vertiginosamente, até se extinguir por completo em 1963, quando se casou pela segunda vez.

Após o casamento com o médico Thomas Reggie, a única coisa que escreveu foi o relato autobiográfico que antecedeu a coleção de seus trabalhos, feita pelo lendário editor Lester Del Rey em 1975. Os rumores que ficaram foram que seu novo marido não gostava de literatura e muito menos da comunidade de Fantasia e Ficção Científica, fazendo com que ela se afastasse. Porém, mesmo não tão ativa, ela continuou participando de algumas associações de escritores e foi homenageada por duas vezes como convidada de honra em convenções – a última em 1981.

Mas no começo da década de 1980, Moore apresentou os primeiros sintomas do mal de Alzheimer, que iria levar-lhe em 1987. Recolheu-se – ou foi recolhida pelo marido, que recusou em seu nome algumas homenagens, alegando que a esposa ficaria confusa nas cerimônias.

Sua obra, porém, não ficou recolhida. Continua sendo republicada e traduzida, aparecendo em coletâneas e ressurgindo em e-books. Sua imaginação fértil e sua habilidade para construir mundos estranhos e paisagens inóspitas em palavras cheias de sinestesias emocionadas seguem marcando as mentes de quem a lê.

E, finalmente, Jirel de Joiry traz sua criadora pela mão para as terras do Brasil.

Referências consultadas

BLEILER, E. F. *Science Fiction Writers*. New York: Scribner, 1982.

ENCYCLOPEDIA of Fantasy: C.L. Moore. *The Encyclopedia of Science Fiction*, 1997. Acesso em:23/08/2018 . Disponível em: <http://sf-encyclopedia.uk/fe.php?nm=moore_c_l>.

SUMMARY Bibliography: C. L. Moore. *Internet Speculative Fiction Database*. Acesso em: 23/08/2018. Disponível em: <http://www.isfdb.org/cgi-bin/ea.cgi?453>.

WEBSTER, Bud. A Kuttner above the rest (but wait, there's Moore!). *Past Masters*: Jim Baen's Universe, Junho 2009. Acesso em: 23/08/2018. Disponível em: <http://www.philsp.com/articles/pastmasters_12.html>.

Este livro foi produzido no Laboratório Gráfico
Arte & Letra, com impressão em risografia
e encadernação manual.